宮崎●市民の森
万葉歌碑五十六基
ガイドブック

岡本貞子

ヒムカ出版

序

新しい元号「令和」の出典が『万葉集』だったということで、『万葉集』に対する関心が高まっている。日本人にとって古典中の古典であるこの和歌のアンソロジーは、われわれの魂のふるさとでもある。

『万葉集』には、多くの植物が詠まれている。それらの植物の歌を読むと、自分たちのよく知らない樹や草も出てくる。歌の奥深い世界を味わおうとすると、実際の樹や草に触れたくなってくる。

その要望に応えてくれるのが、宮崎市の阿波岐原森林公園「市民の森」の〝万葉の道〟の歌碑である。五十六基ある。樹木があって、歌碑がある。ありがたいことではないか。そして、それぞれの歌の意味や背景を説明するガイドブックがあったら、もっとありがたいのにと思う。この本は、そんな一冊である。

著者の岡本貞子さんは、日本を代表する「心の花」の優れた歌人であり、この「市民の森」を知り尽くしている人である。ガイドブックを書くのに最もふさわしい。先に出版され、その後絶版になっていた本書が新たに世に出ることを心から喜びたい。このガイドブックを手にもって、ぜひ、神話にもゆかりの市民の森に出かけようではないか。

令和元年八月一日

伊藤 一彦

はじ　和名ヤマハゼ　ウルシ科
高千穂《たかちほ》の嶽《たけ》に天降《あも》りし皇祖《すめらぎ》の
神《かみ》の御代《みよ》より梔弓《はじゆみ》を手握《たにぎ》り持《も》たし…
大伴家持

自序 ― 万葉歌碑を訪ねてみませんか

宮崎は、九州の南東部に位置し、黒潮が打ち寄せる日向灘に沿った地域で、古代から外国文化を摂取してきた歴史をもっている。日向神話に南方系文化の基盤があるといわれているのは、こうした地理的条件によるものと思われる。

さて、現在の宮崎市街地の北東部の海岸近くに、『古事記』『日本書紀』に記されている禊祓《みそぎばらい》伝承地が今もあり、その大神を祀る神社が、古代千年有余の歴史を秘めながら鎮座している。神社の傍らを北に向って通っている山崎街道は、律令時代からの古代官道といわれている。

この阿波岐原一帯の雑木林三十万平方米の森を、宮崎市は国から譲り受けて昭和四十六年十月より阿波岐原森林公園、通称〝市民の森〟として保存している。森の中には、わが国の現存最古の歌集である万葉集の中から選んだ歌、五十六基が設置されている。これらの歌は、作者や時代は異なるが、どの歌にも、この森に自生している植物の名が詠み込まれたものである。

万葉集は、七世紀から八世紀にかけて出来上がった歌集で、約四千数百首からなるが、その約三分の一程度に植物の名が出てくる。古代の人が樹や花を見て、それぞれの思いをこめて詠んだ歌の前に立ち止まり、ひととき万葉人たちと心を通わせてみませんか。神代の時代から、この宮崎の風土の中で生まれ変わりながら生きてきた樹木たちに触れて、聞いて欲しい思いはありませんか。ここに、その手掛かりとしての資料をまとめてみようと思う。

そもそも万葉集というものは、一朝にして出来あがったものでなく、百二十余年の歳月をかけて生み出されたもので、その内容は極めて多様である。壬申の乱をはじめ、大・小の叛乱で揺れ動いていたこの世紀、万葉人たちは、現在の私達が考えるより以上に歌わねばならない場があったのである。

例えば、律令時代の絶対権力である宮廷讃歌、国土讃歌、或いは宴歌や作物の豊穣や生命の安全祈願といった呪的な公の場の歌をはじめ、相聞（恋愛の歌）、挽歌（死者を悼む歌）、雑詠、伝説歌、物語歌などなど全二十巻という万葉集は、さまざまな世界をつつみこんでいる。

このように万葉集が多くの集団の場で謡われながら、その表現が従来の歌謡にくらべて純度の高い文学的なものになっているのは、文学に記して歌を作る新しい時代に入った結果である。歌人は、おおむね皇族や文字の使用が可能になった人たちであったが、それはともかくとして、万葉歌人は、個性的な歌風をつぎつぎ生み出していく。

中でも、前期の代表的歌人である柿本人麻呂は、宮廷讃歌のなかにも常に個の感動を盛り上げて歌った。特に妻の死を「泣血哀慟」して作ったという挽歌の大作は、喪失した愛を歌う人麻呂の主題そのものであった。

同じ宮廷歌人として、次に現れた山部赤人は、人麻呂の伝統を継ぎながらも、生ある物の歓喜や躍動を伝えて、純粋な叙景歌を成立させた。

そして、当代切っての知識人であった山上憶良は、自然にはほとんど関心を示さず、もっぱら人間の生、老、病、死や家族への愛苦などの世界に心を向けた歌人であった。世間の無常を主題とした著名な「貧窮問答歌」などがある。強度のリュウマチと戦いながら、病魔に怯えながらも『山上憶良歌集』を編纂した。

また、筑紫の大宰府に六十三歳という高齢で、はるばる赴任してきた旅人は、境涯的な個我の詠嘆や望郷を、むしろ感傷に近い特種な短歌的抒情を濃くした。

もう一人加えるとすれば高橋虫麻呂がいる。虫麻呂は旅の歌人として、旅で出合った伝説その他のことを素材に、伝統歌、物語歌を残した漂泊歌人である。

尚、万葉集を語るにあたって忘れてはならない歌人家持がいる。父は旅人。僅か十三歳で、父旅人と大宰府梅花宴に参加している。その後、作歌はもちろん、万葉編纂に重要な役割を果たした。万葉集後半の四巻は、家持歌日誌ともいうべき資料によって成り立っている。かくして国風動乱の複雑きわまる世に生きた家持の文学的宿願であった「公」と「個」の一体化万葉集が姿をととのえたのである。今から一千数百年前のことであった。

それでは、市民の森に設置されている五十六基の歌についてその歌意と、歌の背景に触れてみよう。

尚、植物名のカナ書きは和名、( )内は万葉名。文字づかいは、歌碑の表記にそった。

目次

※（　）内は万葉名

本書は、二〇〇六年八月二十五日初版の『宮崎市民の森 万葉歌碑五十六基ガイドブック』（江南書房）の新装改訂版です。再版にあたり、補筆、修正を行うと伴に、歌碑の掲載順を西園と東園で分けて並べ換え、併せて巻末地図の変更も行いました。また、歌碑周辺にて確認できない万葉植物もあり、今回、歌碑の中に詠まれている植物すべての挿絵を添え、本文の再構成を行いました。

万葉の道・西園

1　ヒガンバナ（壹師《いちし》）

道《みち》の邊《へ》の　壹師《いちし》の花《はな》の　いちしろく
人《ひと》皆《みな》知《し》りぬ　わが戀妻《こひづま》を

（巻十一―二四八〇　柿本人麻呂《かきのもとのひとまろ》）

【意味】道端のいちしの花ではないけれど、世間の人らはみんな私の恋妻（意中の人）のことを知ってしまったよ。

上句の二句は、同音の「いちしろく」を引き出すための序詞。この歌のように物に寄せて思いを述べる「寄物陳思《きぶつちんし》」や心に思うことを直接表現する「正述心緒《せいじゅつしんしょ》」の方法は、柿本人麻呂が考案したという。人麻呂には、この歌の他にもう一首恋妻の歌があり、「心には　千重に思へど　人に言はぬ　我が戀妻を　見むよしもがも」と、人には言わずにいる恋妻に、逢う手だてはないものか…というこのくぐもった歌に比べると、恋妻のことを世間の人に知られてしまった歌の方が、リズムがいいゆえか明るい。

2 イロハカエデ（鶏冠木《かへるで》）

吾《わ》が屋戸《やど》に　黄変《もみ》づ鶏冠木《かへるで》　見《み》るごとに
妹《いも》を懸《か》けつつ　戀《こ》ひぬ日《ひ》は無《な》し

（巻八―一六二三　大伴田村大嬢《おおとものたむらのおおいらつめ》）

【意味】私の庭で色づいている楓《かえで》を見るたびにあなたのことが心にかかって、逢いたいと思わない日はない。

作者の田村大嬢《たむらのおおいらつめ》は、大伴家持《おおとものやかもち》の妻・坂上大嬢《さかのうえのおおいらつめ》の異母姉で、姉が妹を思う歌。この歌のすぐ前に、「我がやどの　秋の萩咲く　夕影に　今も見てしか　妹が姿を」という歌があり、常に妹のことが気にかかっているようである。「今も見てしか（今すぐ見たい）」というこの歌とともに余程、妹を可愛がっていたものと思われる。尚、「鶏冠木《かへるで》」は下句の「妹を懸けつつ」に呼応している。

3　ヤマブキ（山吹《やまぶき》）

吾《わ》が兄子《せこ》が　宿《やど》の山吹《やまぶき》　咲《さ》きてあらば
止《や》まず通《かよ》はむ　いや毎年《としのは》に
（巻二十—四三〇三　大伴家持《おおとものやかもち》）

【意味】あなたのお庭の山吹が、いつもこんなに美しく咲いているのなら、これから先もしょっちゅうここを訪れましょう。来る年も来る年も。

天平勝宝六年三月十九日、家持別邸の門の槻《つき》（ケヤキ）の樹の下で宴飲したときの歌らしい。その時、家持の庄の番人で、すぐ近くに住んでいる置始《おきそめの》連長谷《むらじはつせ》が山吹の花を折り取ってきて、壷に入れてくれたので家持がこの歌を作って応えたという。初句の「吾が兄子」は、普通、女が男に使うが、例外として男性が男性に親しみをこめて使う場面がある。長谷《はつせ》は、唱歌の歌い手であったらしい。

4 ネムノキ（合歓木《ねぶ》）

昼《ひる》は咲《さ》き　夜《よる》は戀《こ》ひ宿《ぬ》る　合歓《ねぶ》の花《はな》
君《きみ》のみ見《み》めや　戯奴《わけ》さへに見《み》よ

（巻八―一四六一　紀《きの》女郎《いらつめ》）

【意味】　昼は花が咲いて、夜は葉を閉じて、慕い合って共寝する合歓の花を私だけが見てよいものか。あなたも来てご覧ください。

作者の紀女郎《きのいらつめ》は、紀鹿人《きのかひと》の娘で名は小鹿《おしか》。安貴王《あきのおおきみ》の妻。家持との歌の贈答は、どれも技巧的でおもしろい。合歓は初夏、淡紅色の美しい花を開く。漢籍で合歓は、男女交合の意味を持つ。この歌の紀女郎が合歓の文字に託して共寝を誘った戯れ歌。歌を受けた家持は「我妹子《わぎもこ》が　形見の合歓木《ねぶ》は　花のみに　咲きてけだしく　実にならじかも」と、口先だけで共寝は成立しまい、とやり返した。「戯奴《わけ》」は自分を卑下していう言葉。

5 マツ（松《まつ》）

茂岡《しげおか》に 神《かむ》さび立《た》ちて 栄《さか》えたる
千代松《ちよまつ》の樹《き》の 歳《とし》の知《し》らなく

（巻六―九九〇 紀《きの》鹿人《かひと》）

【意味】 茂岡に神々しく立って茂り栄えているこの千代松の樹は、どれくらいの樹齢を重ねて来たのだろうか。歳の程がわからない。

作者の紀鹿人《きのかひと》は、紀女郎《きのいらつめ》の父。典鋳正《てんちゅうのかみ》（鋳造や玉作りに携わる官司）、主殿頭《とのもりのかみ》、大炊頭《おおいのかみ》などを歴任。この頃、金銀銅鉄の造鋳や瑠璃の加工、玉作りなどが盛んであったらしい。跡見《とみ》の茂岡というのは、今の奈良県桜井市の外山《とやま》のあたり。歌は老い松の樹齢の長久を讃えた歌で、「千代の世まで待つ」という〝待つ〟から〝松〟を引き出した。また、「松」は一説に「神がその木に天降ることを待つ意」とも言われて古来尊ばれてきた。

6 シキミ（樒《しきみ》）

奥山《おくやま》の　樒《しきみ》が花《はな》の　名《な》の如《ごと》や
しくしく君《きみ》に　戀《こ》ひわたりなむ

（巻二十―四四七六　大原真人今城《おおはらのまひとのいまき》）

【意味】奥山に咲くシキミの花の名のように、私はしきりにあなたのお顔が見たくて、恋しく思い続けるでしょう。

「樒《しきみ》」を「頻見《しきみ》」という語にかけて詠んだもの。前歌の「降りしけ」から植物の「シキミ」を連想し、それに寄せて作ったものらしい。作者の大原真《おおはらのま》人今城《ひとのいまき》は兵部省の三等官で、家持や大伴池主《おおとものいけぬし》とは多年の歌友。この歌は、池主の宅に集まって飲宴した時に作ったという詞書《ことばがき》（和歌の説明）がある。池主へのつもる思いを述べた歌。シキミは〝梻〟とも書き、春には黄白色の花を多数つける。仏前に供えるので仏前草ともいう。

7　クリ（栗《くり》）

瓜《うり》食《は》めば　子等《こども》思《おも》ほゆ　栗《くり》食《は》めば
ましてしのばゆ……

（巻五—八〇二　山上憶良《やまのうえのおくら》）

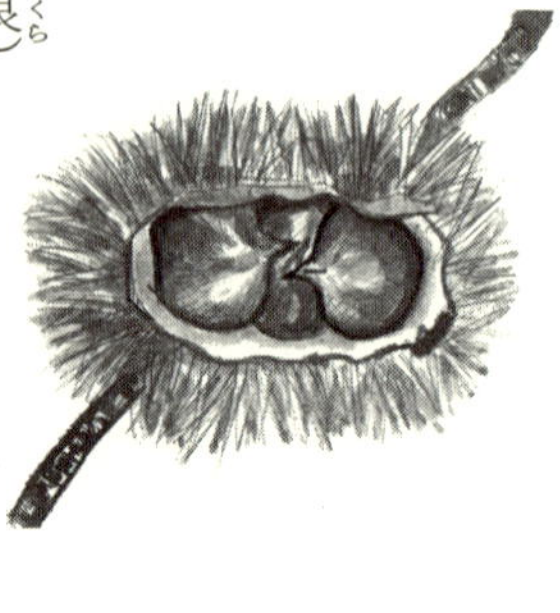

【意味】瓜を食べると子供のことが思い出される。栗を食べるとそれにもまして偲ばれる……

歌の序に、「釈迦尊が御口から説かれるによると『等しく衆生《しゅじょう》（生命のある全てのもの）を思うことは、我が子、羅睺羅《らごら》を思うのと同じだ』と、また説かれるには『愛執《あいしゅう》は子に勝るものはない』—」と釈迦の言葉を引用しながら、「俗人たるもの誰《た》が子を愛さずにいられようか」と述べている。憶良は子に執着することは煩悩であると十分知りながらも子への執心を詠まずにはいられなかった。「銀《しろかね》も　金《くがね》も玉も　何せむに　まされる宝　子にしかめやも」。

8 ニレ（楡《にれ》）

この片山《かたやま》の　もむ楡《にれ》を　五百枝《いほえ》剥《は》ぎ垂《た》り
天光《あまて》るや　日《ひ》の気《け》に干《ほ》し……

（巻十六―三八八六　乞食者詠《ほかひびとのうた》）

【意味】この麓の山の楡の木の皮を何枚も剥ぎ取って吊るし、お天道様で、こってり干し上げて……

乞食者《ほかひびと》とは、家々の門口に立って寿《ほ》ぎ歌（祝い讃える歌）などを歌って施しを受ける門付け芸人のこと。芸人は狩人の立場になって歌ったり、馬や鹿のために悼みを述べたりする。この歌は〝蟹〟に代わって悼みを述べた長歌の一節。「もむ楡」は、楡の一種で樹皮を万葉人は調味料とした。「樹皮を手臼で撞いて粉にして、その中に難波江の塩を混ぜ、その辛い辛いやつを私の目にすりこんで塗りつけ、乾物にして舌鼓されるよ」といった内容の歌。

9　ヒサカキ（榊《さかき》・賢木《さかき》）

久方《ひさかた》の　天《あま》の原《はら》より　生《あ》れ来《き》たる　神《かみ》の命《みこと》
奥山《おくやま》の　賢木《さかき》の枝《えだ》に　白香《しらか》つけ……

（巻三―三七九　大伴坂上郎女《おおとものさかのうえのいらつめ》）

【意味】　高天原から生まれ現れて来た先祖の神よ。奥山の賢木の枝に白い幣帛をつけて……

この歌は、大伴坂上郎女《おおとものさかのうえのいらつめ》が大伴氏の氏神を祀る時に作った長歌の一節。大《おお》伴旅人《とものたびと》の没後、歌を奉じて祖神を招くのは、一族の家刀自《いえとじ》（一家の主婦）的存在となった坂上郎女が仕切った。この時、坂上郎女は四十前後。大伴氏の氏神は天孫降臨の時、先導をつとめたと伝わる天忍日命《あめのおしひのみこと》の末裔という。その頃から榊は神祭りに用いられていた常緑樹。白香は祭祀の幣帛《へいはく》（神前の供物）。坂上郎女は才気溢れた歌人で女性では最も多い歌を残した。

10

コナラ（楢《なら》・柞《ははそ》）

山科《やましな》の　石田《いはた》の小野《をの》の　柞原《ははそはら》
見《み》えつつ君《きみ》が　山道越《やまぢこ》ゆらむ

（巻九―一七三〇　藤原宇合《ふじわらのうまかい》）

【意味】山科の石田にある柞原の木立を眺めながら、あの方は今頃、山道を越えておられるであろうか。

山科の石田は、現在の京都市伏見区。この歌は、旅路の夫を思う歌である。「暁の　夢に見えつつ　梶島《かぢしま》の　磯越す波の　しきてし思ほゆ（明け方の夢にあの娘が見えて、梶島の磯を越す波のようにしきりに思い出す）」を組み合わせ、妻の立場として宇合《うまかい》が詠んだ歌。宇合は、藤原不比等《ふじわらのふひと》の三男で遣唐副使、陸奥守、西海道節度使、房総の按察使《あぜち》、持節大将軍などを歴任。また、高橋虫麻呂の庇護者で『虫麻呂歌集』の成立に深く関わったらしい。

11

モミノキ（臣《おみ》の木《き》）

み湯《ゆ》の上《へ》の　樹群《こむら》を見《み》れば
臣《おみ》の木《き》も　生《お》ひ継《つ》ぎにけり……

（巻三―三二二　山部赤人《やまべのあかひと》）

【意味】霊泉の上を覆っている樹林を見ると、臣の木も絶えないで、あれからずっと生い茂っている……

この歌は、赤人が伊予の国（松山市）の道後温泉に行った時の長歌の一節。斉明帝の行幸の昔を偲び、自然の姿がその時と少しも変わらぬことを述べ、「これからも行幸の跡として後世に残ってゆくことであろう」と結んでいる。臣の木を選んで詠んだのは、斉明帝の行幸の時、臣の木に稲穂を掛けて祀ってあったからだという。常に自然界に深い憧憬《しょうけい》と畏敬の念を抱き、自然を静かに述べる赤人の叙景歌である。

12 タチバナ（橘《たちばな》）

吾《わ》が屋前《やど》の　花橘《はなたちばな》の　何時《いつ》しかも
珠《たま》に貫《ぬ》くべく　その實《み》成《な》りなむ

（巻八―一四七八　大伴家持《おおとものやかもち》）

【意味】　吾が庭の花橘は、いったい何時になったら玉にして貫く実になるのだろうか。

庭に咲いている橘の花を見て、早くも実になる日を待っている歌。「何時しかも」は「何時になったら」という待望の気持ち。実を貫いて玉にする風雅な遊びへの憧れを待ち遠しく詠んだ家持が、「我がやどの　花橘は　散り過ぎて　玉に貫くべく　實になりにけり」とも歌う。花が散って実になればなったで、今度は散った花を惜しむのは人の常というものか。花橘は、橘の一種で実は小さいが香りがいい。

13　ムクゲ（朝顔《あさがほ》）

朝顔《あさがほ》は　朝露《あさつゆ》負《お》ひて　咲《さ》くと云《い》へど
夕陰《ゆうかげ》にこそ　咲《さ》きまさりけれ

（巻十―二一〇四　作者未詳）

【意味】　朝顔は、その名のように朝露を浴びて咲くと言うけれど、夕方の淡い光の中でこそ、ひときわ見事に咲き匂うものだ。

この歌の朝顔が、今の朝顔なのか、木槿《むくげ》なのか、あるいは桔梗《ききょう》、または昼顔なのかと説が分かれる。歌は、巻十の秋雑歌の中の「花を詠む」三十四首の中にある。萩や女郎花《おみなえし》が数多く詠まれている中で、朝顔はこの一首のみである。それにしても朝露の中の朝顔よりも、夕方の幽《かす》かな光の中で咲く朝顔の方が勝っているという万葉人の美意識を思う。この歌のように作者未詳の中にも、力のある歌人がうかがえて万葉集の裾野は広い。

14　シダレヤナギ（柳《やなぎ》）

うちのぼる　佐保《さほ》の川原《かはら》の　青柳《あをやぎ》は
今《いま》は春《はる》べと　なりにけるかも

（巻八—一四三三　大伴坂上郎女《おおとものさかのうえのいらつめ》）

【意味】今、私が遡ってゆくこの佐保の川原の柳は、緑に芽吹いてもうすっかり春らしくなってきたよ。

坂上郎女《さかのうえのいらつめ》の春を喜ぶ嘱目詠《しょくもくえい》（即興的に目に触れたものを詠む）。家郷の佐保（奈良市北部の地名）への愛着が滲んでいる。坂上郎女には佐保の柳を詠んだもう一首がある。それは、他郷にあって佐保の柳を懐かしむ歌で「我が背子が　みらむ佐保道《さほぢ》の　青柳を　手折りてだにも　見むよしもがも」。せめてその手折ってきた柳の枝なりと見る手段がないものかと懐かしんでいる。坂上郎女は、旅人の妹で、家持の妻・坂上大嬢の母。万葉集に歌が多い。

15

コノテガシワ（児手柏《このてがしは》）

千葉《ちば》の野《ぬ》の　児手柏《このてがしは》の　含《ほほ》まれど
あやにかなしみ　おきて誰《た》が来《き》ぬ

（巻二十―四三八七　大田部足人《おおたべのたりひと》）

【意味】千葉の野の児手柏の開ききらない若葉の蕾《つぼみ》のようにとても可愛い娘を一体誰がほったらかして出て来たのだろう。

誰でもない、ほったらかしにして置いてきたのは、この私なのだ…と別れて来た辛さは言わずに自嘲している歌。若い地方官の心情の表現が新鮮。詞書によると「上総《かづさ》の国の防人《さきもり》の歌、数十首を進《たて》まつる。ただし拙劣歌は取り載せず」とあるところを見ると、この大田部足人の歌は多くの歌の中から選ばれたということになる。「野《ぬ》」は「の」。「含《ほほ》む」は「ふふむ」の意で、花や葉がまだ開かない状態。

16

キンモクセイ（楓《かつら》・桂《かつら》）

もみぢする　時《とき》になるらし　月人《つきぬち》の
楓《かつら》の枝《えだ》の　色《いろ》づく見《み》れば

（巻十―二二〇二　作者未詳）

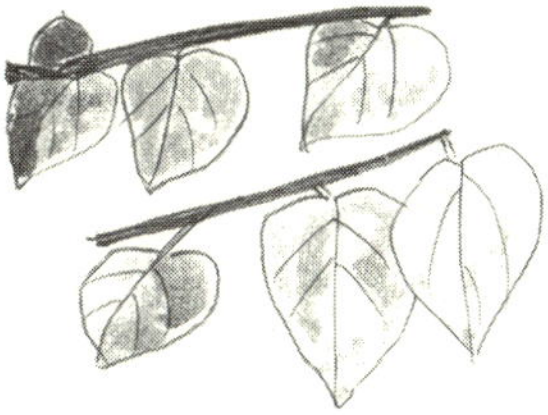

【意味】いよいよ木の葉がもみじの色を深める季節になったようだ。月の桂の枝が色づいて光がいちだんと冴えてきたところを見ると。

昔、桂は中国の「安天論」などによると、月中にあるという想像上の樹であったことから日本でもそれが俗信となり、月が冴えてきたことを「月の桂の樹が紅葉した」と見立てた。桂の樹は日本古来の特産で、春先、葉に先立って暗紅色《あんこうしょく》の小花をつける。材は朽ちにくく船材、建築用として優れている。尚、万葉植物の「かつら」は「カツラ科」、あるいは「マンサク科」、「モクセイ科」といろいろな説がある。

17 ミツマタ（幸草《さいぐさ》・三枝《さきくさ》）

春《はる》されば　まづさきくさの　幸《さき》くあらば
後《のち》にも逢《あ》はむ　な戀《こ》ひそ我妹《わぎも》

（巻十―一八九五　柿本人麻呂《かきのもとのひとまろ》）

【意味】　春になればまず咲く、さいぐさの名のように、幸い命が無事であったなら、また後にも会うことが出来よう。そんなに恋い焦がれないでおくれ、お前。

この歌は、別れに際して悲しむ妻をなだめている歌。三枝《さきくさ》のように枝が三つに分かれていても生きてさえおれば、また逢えるよという歌。植物に寄せた歌が万葉集には随分多く、巻十の相聞歌はこうした個人的な情を伝え合う歌が集まっている。「恋そ」の「そ」は副詞の「そう」の転で、「そのように」という意。上二句は、「幸く」を起こす序詞。ミツマタは和紙の原料として昔から栽培されていたようで、春、葉に先立って黄色の小花をつける。

18　ツツジ（いわつつじ）

水傳《みづつた》ふ　磯《いそ》の浦廻《うらみ》の　石《いは》つつじ
茂《も》く咲《さ》く道《みち》を　また見《み》なむかも
（巻二―一八五　草壁皇子《くさかべのみこ》の宮舎人《みやのとねり》）

【意味】　水際に沿っている石組のあたりに、いわつつじがたくさん咲いているが、この道をまた見ることがあるのだろうか。

草壁皇子《くさかべのみこ》は、父や母、妃や御子、孫たちが天皇の系譜に連なる中、即位することなく皇太子のまま二十八歳で生涯を閉じた。なぜ即位しなかったかは日本書紀にも解説されていない。人々は「日並皇子《ひなみしのみこ》」とも「日の皇子」とも賛美した。政権の座に関心をもたず、風流に過した草壁はまさに「日の皇子」にふさわしい人物だったようである。この歌は、草壁の殯《あらき》の宮に赴任している舎人の歌。やがて一周忌が過ぎれば舎人は解任される。歌はその寂しさか。

19 イヌビワ（乳《ちち》の實《み》・ちち）

知智《ちち》の實《み》の　父《ちち》の命《みこと》　柞葉《ははそは》の　母《はは》の命《みこと》

凡《おほ》ろかに　情《こころ》盡《つ》くして　念《おも》ふらむ……

（巻十九―四一六四　大伴家持《おおとものやかもち》）

【意味】父上も母上も、通りいっぺんな気持ちでお心を傾けて下さっているような、そんな子であるはずがない……

「されば、われらますらおたる者、無為な世を過してよいものか…」と長歌は続く。そして家持の文学理念である、なぜ表現して語り継ぎゆかねばならないか、という意識の強い反歌で締められている。また、家持は「この長歌、短歌は山上憶良臣の歌に応えた」と記しているのを見ても、お互いに影響しあっていたことが分かる。「知智の実の父の命」、「柞葉の母の命」の枕詞の繰り返しや、父母の尊敬語の繰り返しの表現など力強い。

20 ヤマハギ（萩《はぎ》）

吾《わ》が夫子《せこ》が　かざしのはぎに　おく露《つゆ》を
さやかに見《み》よと　月《つき》は照《て》るらし

（巻十—二二二五　大伴家持《おおとものやかもち》）

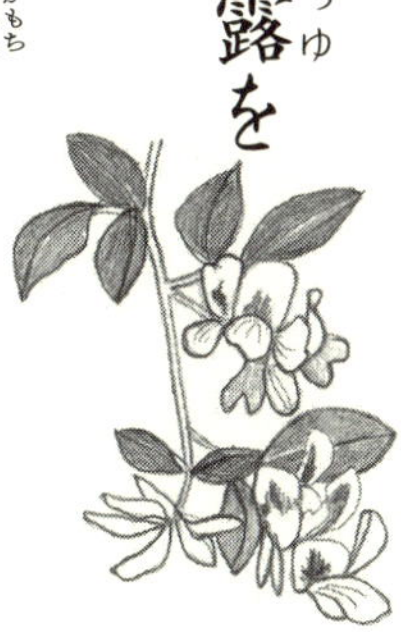

【意味】あなたが挿頭《かざし》にしていらっしゃる萩に置く露の輝きを、はっきり見よとばかりに、月はこんなに皓皓《こうこう》と照っているのに違いありません。

この歌は「秋雑歌」の「月を詠む」七首の中の一首で、月見の宴での歌であろうか。雑歌というより相聞歌の色が濃い。いとしい人の冠に挿頭《かざ》している萩の花の描写がいかにも繊細で詳しい。「月を詠む」の冒頭歌には「天の海に　月の船浮け　桂楫《かつらかぢ》　懸けて漕ぐみゆ　月人壮士《つきひとおとこ》」があり、天空を海に、月を舟に例えた想像力豊かな歌がある。万葉集では「萩に雁」、「萩と鹿」などのように萩はよく詠まれる花。

21

ホオノキ（朴《ほほがしは》）

わが背子《せこ》が　捧《ささ》げて持《も》てる　ほほがしは
あたかも似《に》るか　青《あを》き蓋《きぬがさ》

（巻十九―四二〇四　僧恵行《ほうしえぎょう》）

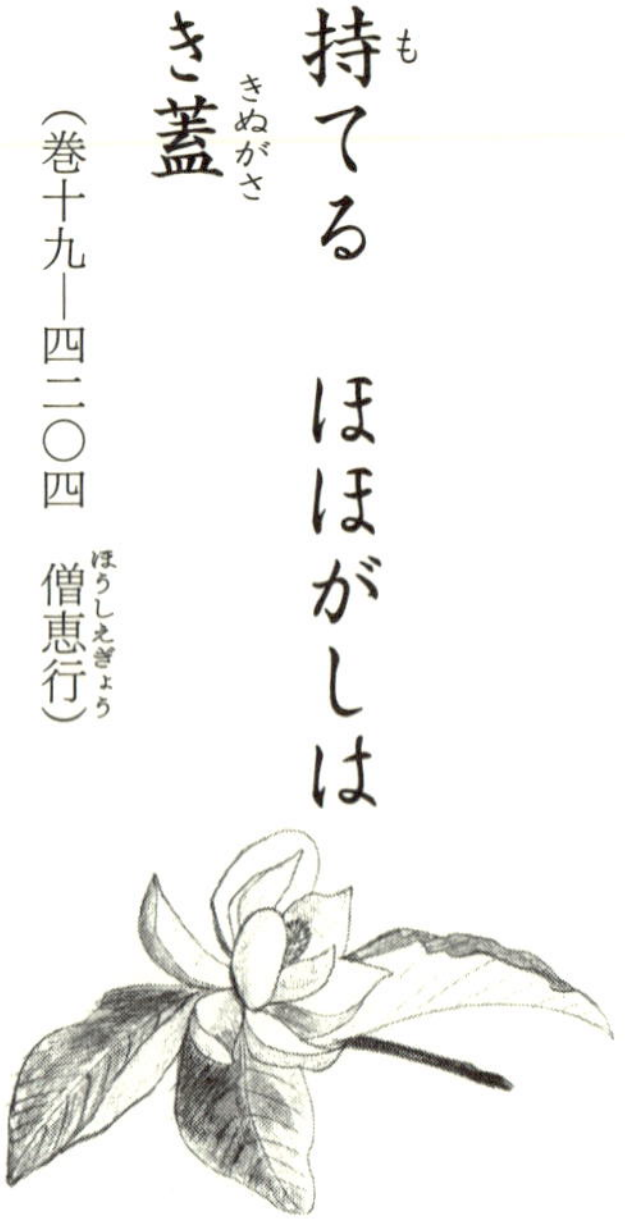

【意味】　あなたが高く掲げておられる朴は、ほんとによく似てますね。青いあの蓋に。

「蓋《きぬがさ》」とは、貴人の後ろから差し掛ける絹などで作った大型の傘のことで、青い傘は最高の人に用いた。作者の恵行《えぎょう》は、講師僧で先代の国師であったという他は未詳。国師は中央から任命派遣された僧で、その国の寺院、僧尼を支配監督していた。詞書によると、この歌の「わが背子」は家持を指す。朴は葉も大きく、花は香気も強く大型である。「あたかも」の用法は万葉集の中でこの一首のみ。

22

サネカズラ（真葛《さなかづら》・蔓《かづら》）

玉《たま》くしげ　御室《みむろ》の山《やま》の　さなかづら
さ寝《ね》ずは遂《つひ》に　ありかつましじ

（巻二―九四　藤原鎌足《ふじわらのかまたり》）

【意味】

あなたはそんなにおっしゃるけれど、みむろの山の真葛《さなかづら》ではないけれど共寝をしないではいられないでしょう。

玉くしげは「御」の枕詞。この歌は鎌足が鏡王女《かがみのおおきみ》に応えた歌。生きていけないのは自分ではなく、相手であるかのように歌って、相手のからかいに負けずに応えた歌。鏡王女が鎌足をからかった歌とは、「玉櫛笥《たまくしげ》　覆《おほ》ひを易《やす》み明けていなば　君が名あれど　我名し惜しも」。噂が立ってあなたの名が出るのはいいとしても、私の名が立つのは困ります、という歌でどちらも相手をないがしろにしている言い方が面白味である。

23

ササ（笹《ささ》・小竹《ささ》）

小竹《ささ》の葉《は》は　み山《やま》もさやに　亂《みだ》るとも
吾《われ》は妹《いも》思ふ　別《わか》れ来《き》ぬれば

（巻二―一三三　柿本人麻呂《かきのもとのひとまろ》）

【意味】笹の葉はざわめいて、み山も神秘にそよめくけれど、私はただ一筋に妻のことを思う。別れて来たので。

この歌は、人麻呂が石見《いわみ》の国より妻の依羅娘子《よさみのおとめ》と別れて山を越えてくる時に詠んだ長歌に付した反歌。見納めの山を後にして、妻は遂に人麻呂の心深く住み、笹の葉のそよぎも、み山の神秘なそよぎも人麻呂の心を乱すことは出来なかった。愛を歌った石見相聞《いわみそうもん》の群作は、人麻呂の秀吟集と言われている。
別れる時、依羅娘子の詠んだ歌は「な思ひと　君は言へども　逢はむ時　いつと知りてか　我が恋ひずあらむ（思い悩むなとあなたは言うけれど、今度逢える日を何時と知って、恋せずにいたらよいのでしょうか）」。

24 ウメ（梅《うめ》）

今日《けふ》零《ふ》りし　雪《ゆき》に競《きほ》ひて　我《わ》が家前《やど》の
冬木《ふゆき》の梅《うめ》は　花咲《はなさ》きにけり

（巻八―一六四九　大伴家持《おおとものやかもち》）

【意味】　今日降った雪に負けじとばかり、わが家の冬木の梅の枝には、真っ白な花が見事に咲いている。

家持の雪梅歌である。この歌は、雪を梅に見立てて詠んだというより、「競ひて」という思い切った表現がいきいきと働いて、雪に競って咲いているのは、梅の花そのものとなった。無いものが存在する物として詠まれている鋭い美意識と感覚を感じさせる歌。こうして家持の作風は、ますます感覚的、浪漫情調へと深まってゆくのである。

25
ニワトコ（やまたづ）

君《きみ》がゆき　日長《けなが》くなりぬ　やまたづの
迎《むか》へを往《ゆ》かむ　待《ま》つには待《ま》たじ
（巻二―九十　軽太郎女《かるのおおいらつめ》）

【意味】　わが君の旅はずいぶん日数がたってしまった。お迎えに行こう。待ってなどおられようか。

「やまたづ」は「迎へ」の枕詞。ニワトコは、神迎えの霊木として用いることにより「迎へ」の枕詞となった。「迎へを」の「を」は「往かむ」の意思の向う対象を示す語。作者の軽太郎女は軽太子《かるのみこ》と同母妹。詞書によると、同母兄妹の結婚は厳禁という当代の掟を破ったので、道後温泉へ流した、とあり軽太郎女は偲びあえず追いゆく時に作った歌になっているが、『古事記』にも似た歌があり正伝は分からないという。

26 ヤマザクラ（櫻《さくら》）

春《はる》の雨《あめ》　しくしく零《ふ》るに　高圓《たかまど》の
山《やま》の櫻《さくら》は　いかにかあるらむ

（巻八―一四四〇　河辺東人《かわべのあづまびと》）

【意味】春雨がしきりに降り続いているが、今頃は高円《たかまど》の桜はどんな様子だろうか、もう咲いたであろうか。

河辺東人《かわべのあづまびと》は、この歌を詠んだ頃、石見守《いわみのかみ》として赴任していた。春雨がしきりに降るのを見ながら遠く離れて来た高円（奈良市東部の山）の桜に思いを馳せている春愁の歌。東人は情に深い人であったらしい。ある日、病に沈んでいる憶良に使いを出して、様子を伺ったことがあった。そのとき憶良は「士《をのこ》やも　空しくあるべき　万代に　語り継ぐべき　名は立てずして」と感涙に咽《むせ》びつつ、口吟したという。これが憶良の辞世句となった。

27

ヤブツバキ（椿《つばき》）

奥山《おくやま》の　八峰《やつを》の椿《つばき》　つばらかに
今日《けふ》は暮《く》らさね　丈夫《もののふ》の徒《とも》

（巻十九—四一五二　大伴家持《おおとものやかもち》）

【意味】奥山の峰に咲く椿、その名のように、つばらかに心ゆくまで楽しく今日一日過してください。お集まりの方々よ。

春の遅い越中では春が待ち遠しい。やっと迎えた春三月三日。越中守家持は館で上巳《じょうし》（桃の節句）の宴を催した。この歌は宴に集まった客人への家持の挨拶歌。この巻十九は、「家持歌日誌」ともいうべき集で、巻頭に三月一日三首、二日七首、三日三首と並べ歌数も断トツに多い。巻末の秀歌「うらうらに　照れる春日《はるひ》に　ひばり上り　心悲しも　ひとりし思《おも》へば」。尚、上二句は序詞で「八峰《やつを》の椿《つばき》」は同音の「つばらかに」を起こす。

28

ユズリハ（弓絃葉《ゆづるは》）

古《いにしへ》に　戀《こ》ふる鳥《とり》かも　弓絃葉《ゆづるは》の
御井《みゐ》の上《うへ》より　鳴《な》きわたり行《ゆ》く
（巻二―一一一　弓削皇子《ゆげのみこ》）

【意味】いにしえを恋ひ慕う鳥でありましょうか、弓絃葉の御井の上を鳴きながら飛んでゆきます。

作者・弓削皇子《ゆげのみこ》は、天武の第六皇子、母は天智天皇の娘の大江皇女《おおえのひめみこ》。三十歳前後で没したが、持統天皇統治下で人一倍不安と哀愁を感じて生きたらしい。この歌は、弓削皇子が吉野から、都にいる額田王《ぬかたのおおきみ》に贈った歌で、贈られた額田王も壬申の乱によって開かれたこの時代に不運であった。二人の間でどんな過去があったのか。額田王は、「いにしへに　恋ふらむ鳥は　ほととぎす　けだしや鳴きし　我が恋ふるごと」の歌で応えている。

29 タブノキ（都萬麻《つまま》）

磯《いそ》の上《へ》の　都萬麻《つまま》を見《み》れば
根《ね》を延《は》へて　年深《としふか》からし　神《かむ》さびにけり

（巻十九―四一五九　大伴家持《おおとものやかもち》）

【意味】海辺の岩の上に立っている都萬麻を見ると、遠くまで根を張って、見るからに年を重ねている。なんという神々しさであることか。

詞書によると家持が越中守《えっちゅうのかみ》であった時、勧農（農事をすすめ励ますこと）のため氷見《ひみ》の村に行く道での嘱目詠で、国府から程近い高岡市の海岸を過ぎ、岩の上の樹を見て作った歌。家持にとってこの越中時代が、歌人として最も円熟した時期で秀吟が多く、家持自身も作歌生活の到達点という自覚があった。大伴池主《おおとものいけぬし》らと頻繁に歌の会を開いている。巻十九は、前半に越中時代のこれらの秀吟を置き、後半には家持生涯の絶唱と評しうる春愁の歌三首を据えている。

30
クワ（桑《くは》）

筑波嶺《つくばね》の　新桑《にひくは》まよの　きぬはあれど
君《きみ》がみけしし　あやに着《き》ほしも

（巻十四―三三五〇　常陸国人《ひたちのくにびと》）

【意味】筑波嶺の今年の桑で飼った蚕の繭《まゆ》で織った着物は持っているけれど、あの方が着ておられたお召し物が無性に着たくなった。

筑波地方は、養蚕が盛んであったようだ。この歌は東歌の一首で、この歌と「筑波嶺に　雪かも降らる　いなをかも　愛しき子ろが　布乾《にのほ》さるかも」の二首が常陸の国の歌として記載されている。意味は、筑波嶺には今、雪が降っているのかなあ、いや違うのかなあ、愛しいあの子が布を乾かしているのかなあ…という歌で、この地方の曝布《さらしぬの》の賑やかさが分かる。新桑の繭は、春蚕《はるご》の繭で、夏蚕《なつご》の糸より上質とされていた。

31

ハマユウ（濱木綿《はまゆふ》）

み熊野《くまの》の　浦《うら》の濱木綿《はまゆふ》　百重《ももへ》なす
心《こころ》は念《も》へど　直《ただ》に逢《あ》はぬかも

（巻四—四九六　柿本人麻呂《かきのもとのひとまろ》）

【意味】み熊野の浦の浜木綿の葉が、幾重にも重なっているように、心ではあなたのことを思っているけれど、直にお会いすることが出来ない。

人麻呂が創作した問答歌で、この歌に応えて「百重にも　来及《きし》かぬかもと思へかも　君が使の　見れど飽かずあらむ」という歌がある。あなたのことを伝えに来てくれる人だから、お使いの人の顔は、いくら見ていても飽きないのでしょうね、という意味で、逢えないことを残念がっている歌と、直に逢えないけれど、便りを運んで来てくれる人の顔を見て、我慢をしている歌との組み合わせが面白い。上二句までは「百重なす」の序詞。

32 クヌギ（橡《つるばみ》）

橡《つるばみ》の　衣《きぬ》は人皆《ひとみな》　こと無《な》しと
いひし時《とき》より　着欲《きほ》しく念《おも》ほゆ

（巻七―一三一一　作者未詳）

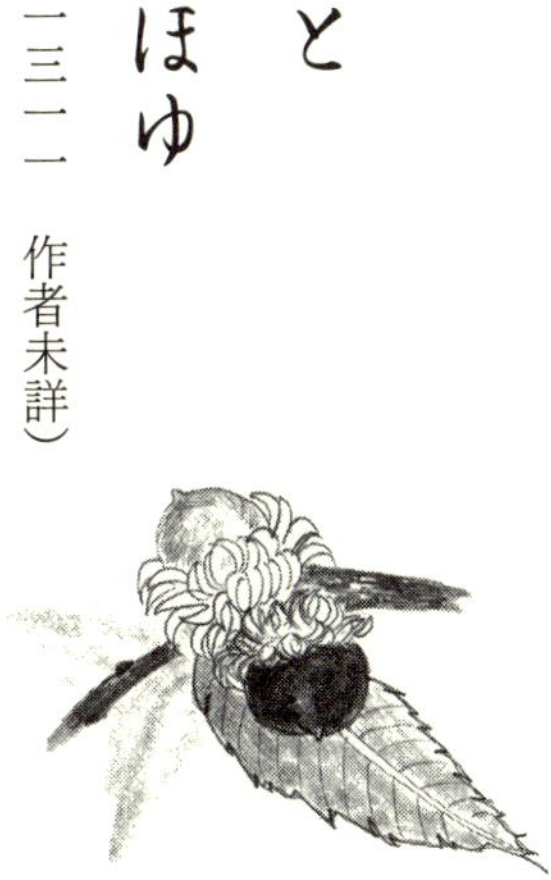

【意味】橡《つるばみ》で染めた衣は、無難で煩わしくないと世間で噂をしているのを聞いて、それ以来ぜひ着てみたいと思っている。

橡《つるばみ》の衣とは、どんぐりの梂《かさ》を煮た汁で黒く染めた衣のことで、身分の低い者が着る衣服。「着る」は女を娶る例え。橡の衣に寄せた次のような歌もある、「橡の　解き洗ひ衣の　あやしくも　ことに着欲しき　この夕べかも」。日暮れ時に、洗いざらした古着のような古馴染みの女を思い出して無性に恋しがっている。煩わしいことから逃れたいのは女も同じであろうが、これらは男の歌。

33 ヌルデ（穀《かづ》の木《き》）

足柄《あしがり》の　吾《わ》を可鶏山《かけやま》の　穀《かづ》の木《き》の
我《わ》を誘《かづ》さねも　門《かづ》さかずとも

（巻十四―三四三二　相模国人《さがみのくにびと》）

【意味】　足柄の私の事を、心に懸けているという可鶏山《かけやま》のかづの木の様に、いっそ私をかどわかしてくれたらいいのになあ。たとえ門口《かどぐち》が閉まっていても。

「かづ」の繰り返しや足柄《あしがら》（相模の郡名）を〝あしがり〟と発音するなど東国の訛の強い歌。「誘《かづ》」は「さそう」。「門《かづ》」は「かど」。「さかず」は「開《あ》かず」の意。この歌は、中央（近畿）の長歌集に対する地方（東国）の短歌集を集めた巻十四の中の歌。「国土判明歌の部」に出てくる相模《さがみ》の国の歌で、男の誘いを待つ娘の歌か。ヌルデは、暖地に多く、高さ六メートルにも達し、夏に小形の白花を多数つける。

34
ヤマハゼ（黄櫨《はじ》・梔《はじ》）

高千穂《たかちほ》の　嶽《たけ》に天降《あも》りし　皇祖《すめらぎ》の
神《かみ》の御代《みよ》より　梔弓《はじゆみ》を　手握《たにぎ》り持《も》たし……

（巻二十―四四六五　大伴家持《おおとものやかもち》）

【意味】高天原の戸を開けて、葦原の国・高千穂の嶽に天降られた皇祖の御代から、黄櫨《はぜ》の木の弓を手に握り締めて……

この天孫降臨伝承は、日向神話の中心をなし、『古事記』『日本書紀』に詳細に記されている。歌は、氏族暗闘の世相の中、大伴家の主として一族の軽挙妄動を戒めて諭す長歌の一節。この歌が家持の最後の長歌となった。家持は間もなく病に臥し、〝無常を哀しみ、仏門を修めんと欲《おも》いる歌二首〟を作る。その一首、「うつせみは　数なき身なり　山川の　さやけき見つつ　道を尋ねな（この世にある身は儚い存在。清らかな山川を見て道を求めよう）」。

35

スダジイ（椎《しひ》）

家《いへ》にあれば　笥《け》に盛《も》る飯《いひ》を　草枕《くさまくら》
旅《たび》にしあれば　椎《しひ》の葉《は》に盛《も》る

（巻二―一四二　有馬皇子《ありまのみこ》）

【意味】　家に居たならば立派な器に盛る飯なのに、今、旅の身である私は椎の葉に盛っている。

作者の有馬皇子《ありまのみこ》は、孝徳天皇の皇子で、母は阿倍倉梯麻呂《あべのくらはしまろ》の娘・小足媛《おたらしひめ》。斉明四年の冬、天皇と皇太子（天智）らが紀伊の牟婁《むろ》の湯に赴いた間に、留守官であった蘇我赤兄《そがのあかえ》の誘いに乗って謀反《むほん》を企てたが、当の赤兄によって捕らえられて、十一月九日に牟婁へ護送された。皇太子の訊問に有馬皇子は「天と赤兄と知る、我れ全《もは》ら知らず」と答えたのみという。京へ送られる途中の十一日、藤白坂で絞殺された。歳十九。歌は護送途上のもの。「草枕」は旅の枕詞。

万葉の道・東園

36

アカメガシワ（楸《ひさぎ》・久木《ひさぎ》）

ぬばたまの　夜《よ》の深《ふ》けぬれば
久木生《ひさぎお》ふる　清《きよ》き川原《かはら》に　千鳥《ちどり》數《しば》鳴《な》く

（巻六—九二五　山部赤人《やまべのあかひと》）

【意味】夜がしんしんと更けてくると、久木の生い茂っている川原で千鳥がしきりに鳴いている。

「久木」は一説に、アカメガシワ（トウダイグサ科）で、高さ十メートルにも達する樹という。もう一説にはキササゲ（ノウゼンカズラ科）で、水辺に多く川原桐ともいう。漢名は「楸」。さて、この歌は赤人の吉野宮の讃歌で、一首目は山の景を叙し、二首目のこの歌では、川の景を詠んで山川二句対として儀礼歌に相応しい形をとり、詠みぶりも整然としている。千鳥は川原などに群棲して歩行力も飛翔力も強く姿も美しい。「ぬばたま」は夜の枕詞。

37
エノキ（榎《え》）

吾《わ》が門《かど》の　榎《え》の實《み》もり喫《は》む　百千鳥《ももちどり》
千鳥《ちどり》は来《く》れど　君《きみ》ぞ来《き》まさぬ

（巻十六―三八七二　作者未詳）

【意味】わが門口《かどぐち》で、榎の実をもぎ取って食べる鳥は、たくさん来るのだけれど、あなたはお見えにならない。

この歌は、筑前の国の志賀島《しかのしま》の海人《あま》たちの歌謡。神亀《じんき》（七二四～七二九年）の頃、対馬に食料を運ぶ船の船長を大宰府より命じられた宗形部津麻呂《むなかたべのつまろ》から、身代わり船長を頼まれて快く引き受けた荒男（勇猛な男）が、運悪く嵐に遭遇して沈没してしまった。この突然の出来事に妻子や知人らが嘆き悲しんで作ったのが筑前歌謡だという。当時、筑前守として赴任していた山上憶良《やまのうえのおくら》も妻子の悲しみに心を動かし補作している。「もり喫む」は、捥《も》ぎ食むこと。

38

シラカシ（白樫《しらかし》）

あしひきの　山道《やまぢ》を知《し》らず　白橿《しらかし》の
枝《えだ》もとををに　雪《ゆき》の降《ふ》れれば

（巻十―二三一五　柿本人麻呂《かきのもとのひとまろ》歌集）

【意味】白橿の枝が撓《たわ》むほど雪が降っているので、山道の在り処が全く分からない。

巻十の冬雑歌二十首は、「柿本人麻呂歌集に出づ」という注記があるが、この歌のみは「三方沙弥《みかたのさみ》が作」という。〝沙弥〟とは、入門したばかりの僧のようだが詳しくは分からない。「あしひき」は山の枕詞。「とををに」は漢字で表記すれば「撓」で、撓むさまをいう。樫という樹は硬い木で容易には撓まない。その樫が撓むほどの大雪で、山路もすっかり閉ざされてしまって驚嘆している歌か。

39

オキナグサ（根都古草《ねっこぐさ》）

芝付《しばつき》の　御宇良崎《みうらさき》なる　根都古草《ねつこぐさ》
逢《あ》ひ見《み》ずあらば　吾《あれ》戀《こ》ひめやも

（巻十四―三五〇八　作者未詳）

【意味】　芝付の御宇良崎のねっこ草、一緒に寝たあの娘にめぐり逢わなかったら私はこんなに恋い焦がれることもなかったであろうに。

「芝付の御宇良崎」は地名。「根都古草」は女の例えで、「根っこ」に「寝つ娘」の意味をかけた。共寝をしたことによって恋情が深くなったことを悔やんでいる男の歌。この歌は、巻十四の相聞にまとめられた百余りの中の一首で、大方は「ある本の歌に曰く」とか「柿本朝臣人麻呂歌集のなかに出づ」とかいう添え書きはあるが、作者はすべて不明。

40 アラカシ（樫《かし》）

若草《わかくさ》の　夫《つま》かあるらむ　橿《かし》の実《み》の
獨《ひと》りか寝《ぬ》らむ……

（巻九―一七四二　高橋虫麻呂《たかはしのむしまろ》）

【意味】　あの娘には、若々しい夫があるのだろうか。それとも独り寝の寂しい身の上であろうか……

この歌は、伝説と旅を題材にして歌う高橋虫麻呂の長歌の一節である。道で出会った娘子が独りで寂しげに歩いてゆくのを見て、女の運命のようなものへと思いを馳せてゆく手法で、虫麻呂は旅の風景の中に心の愁《うれ》いを溶け込ませて歌う。また、虫麻呂は叙事詩人としても異色であった。尚、樫の実が栗などと違って、一つの殻から一つの実しかできないところから、「樫の実」が「獨り」の枕詞になったという。「若草の」も夫の枕詞。

41
ヤマフジ（藤《ふぢ》）

春日野《かすがの》の　藤《ふぢ》は散《ち》りにて　何《なに》をかも
御狩《みかり》の人《ひと》の　折《を》りて挿頭《かざ》さむ

（巻十―一九七四　作者未詳）

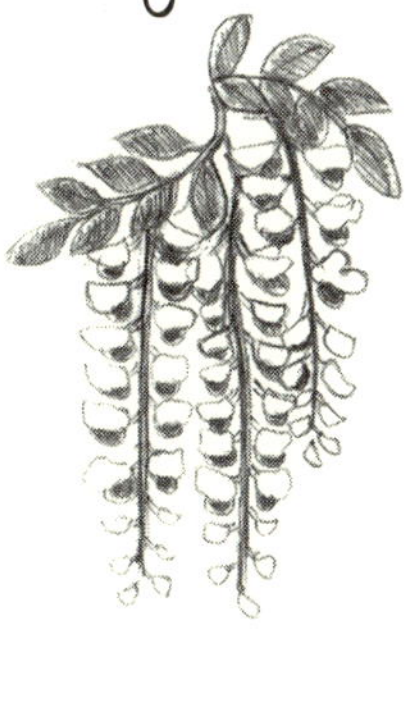

【意味】春日野の藤は、もうとっくに散ってしまったので、御狩の人は、いったい何を髪に挿すのでしょうね。

「散りにて」の「にて」は「去《い》にて」の約で、散ってしまったの意になる。「何をかも」は「何」という疑問に詠嘆を添えた言葉。「御狩」とは、五月五日に大宮人《おおみやびと》（宮中に仕える人）らが狩の衣装を立派に調えて、山川に出て薬草を採集する年中行事である。この行事の見物を民衆も毎年、楽しみにしているのであろう。春日野は、若菜やツツジの名所として古今和歌集の歌枕になった。

42 ウツギ（卯木《うつぎ》・卯《う》の花《はな》）

卯《う》の花《はな》の　咲《さ》くとは無《な》しに　ある人《ひと》に
戀《こ》ひや渡《わた》らむ　片思《かたも》ひにして

（巻十―一九八九　作者未詳）

【意味】　卯の花が咲くようには、私に向って心を開いてくれない人に、どうして恋い焦がれるのでしょうか。片思いのままなのかしら。

「卯の花」は「咲く」の枕詞。巻十の春の相聞七首は、すべて片想いの歌で、類型歌が並んでいる。万葉集に類型歌が多いということは、抒情の共有が裾野を広げていたことが分かる。この歌を含む巻十は、「人麻呂歌集」に密着して編まれた歌巻である。卯の花は、卯木の別称で各地の山野に自生する。春から夏にかけて白色五弁の花が咲く。幹の中が空《うつ》ろなので、その名がついた。

43

マユミ（檀《まゆみ》・真弓《まゆみ》）

み薦《すず》刈《か》る　信濃《しなの》の眞弓《まゆみ》　わが引《ひ》かば
貴人《うまひと》さびて　否《いな》といはぬかも

（巻二―九六　久米禅師《くめのぜんじ》）

【意味】信濃産の弓弦《ゆづる》を引くように、私があなたの手を取って引き寄せたら、
貴人ぶって嫌というでしょうね。

「み薦《すず》刈る」は信濃の枕詞であるが、これは「み薦《こも》刈る」を誤読したもの。薦は沼地に生える草。信濃は、檀《まゆみ》の木で作った丸木の弓の産地で、檀は角ばった赤い実がなる。詞書に久米禅師が、石川郎女《いしかわのいらつめ》に妻問う時の歌とあるが、石川郎女は、個人の名でなく（他に石川郎女という人がいる）婦人の愛称。郎女は、「信濃の真弓《まゆみ》を引きもしないで、弦を掛ける方法を知っている、とは言わないものですがねぇ」と返している。久米禅師は伝未詳。

44　アセビ（馬酔木《あしび》）

磯《いそ》の上《うへ》に　生《お》ふる馬酔木《あしび》を　手折《たを》らめど
見《み》すべき君《きみ》が　ありと言《い》はなくに

（巻二―一六六　大伯皇女《おおくのひめみこ》）

【意味】　磯の岩のほとりに生えている馬酔木を手折ろうとしてみるけれど、これを見せたい弟がこの世にいるとは誰も言ってくれない、ああ。

作者の大伯皇女《おおくのひめみこ》は、謀反の名目で絞首刑された大津皇子《おおつのみこ》の同母姉。天武三年、十四歳で伊勢斎宮となり、京に還ったのは二十八歳であった。弟の大津皇子が葛城（奈良県中西部の地名）の二上山に葬られる時に詠んだ哀傷極まる「うつそみの　人にあるわれや　明日よりは　二上山を　弟背《いろせ》とわれ見む」と並んで鑑賞される。ただし、この馬酔木の歌は、葬りの時に詠んだ歌ではなく、伊勢神宮より京に還る時に路上に咲いている馬酔木を見て、感傷哀咽《かんしょうあいえつ》して作った歌という。

45

ニワウメ（唐棣《はねず》・朱華《はねず》）

思《おも》はじと　言《い》ひてしものを　朱華色《はねずいろ》の
變《うつろ》ひやすき　わが心《こころ》かも

（巻四―六五七　大伴坂上郎女《おおとものさかのうえのいらつめ》）

【意味】あんな人のことなど、もう思うまいと口に出して言ったのに、また恋しくなるとは、なんという移り気な私の心であろうか。

「朱華《はねず》」は、今の庭梅のことで、春、白色を帯びた紅色の花が咲く。「はねずいろ」は移ろうの枕詞。この歌は、郎女の独詠歌で、もう一首「思へども験《しるし》もなしと　知るものを　何かここだく　我が恋ひわたる」があり、知性や理性で抑えきれない思いの激しさを嘆く。この時、坂上郎女と大伴宿禰駿河《おおとものすくねするが》麻呂《まろ》の応答歌は六首。最初は、やり切れない思いを詠んでいるが、歌をやりとりしているうちに相手との距離が縮められてゆく。

46 ススキ（薄《すすき》）

婦負《めひ》の野《の》の　薄《すすき》おしなべ　降《ふ》る雪《ゆき》に
屋戸《やど》借《か》る今日《けふ》し　悲《かな》しく思《おも》ほゆ

（巻十七―四〇一六　高市黒人《たけちのくろひと》）

【意味】　婦負の野の、すすきを押し伏して降り積もる雪のなかで、一夜の宿を借りる今日は、ひとしお故郷が恋しく思えてなりません。

家持が、狩のために飼い慣らした鷹に逃げられて、悲しみのあまり、鷹の夢を見て作ったという長歌（万葉集で四番目に長い）が、まず披露され、その場でこの歌も歌われたらしい。この歌は、鷹を失った家持の悲しみに応じた古歌で、高市黒人《たけちのくろひと》のいつ頃の作かは分からないという。高市黒人は、持統、文武朝の歌人で旅の歌が多い。婦負の野は、富山市の婦負郡《ねい》一帯。

47 イチイガシ（櫟《いちひ》）

あしひきの　この片山《かたやま》に　二《ふた》つ立《た》つ
櫟《いちひ》が本《もと》に　梓弓《あずさゆみ》　八《や》つ手挟《たばさ》み……

（巻十六―三八八五　乞食者詠《ほかひびとのうた》）

【意味】　この片山に二本並んでいる櫟の根元で、梓弓を八つも抱えて……

この歌は、乞食者《ほかひびと》が狩の様子を聞かせる長歌の一節で、狩人の勇ましい姿を説明している。歌の中に、「八つ捕り」「八重畳」「八つ手挟み」など「八」の字を多用しているのは、寿歌であるからで、実の数ではなく「八」は末広がりで縁起がよいからである。長歌の後半は、獲物の鹿が「私の角は傘の柄に、耳は墨の壺に、目は鏡に、肉や肝はお膾《なます》に等々、死んで大君のお役に立ちましょう」という件があって面白い。

48

タデ（たで）

わが屋戸《やど》の　穂蓼古幹《ほたでふるから》　採《つ》み生《おほ》し
實《み》になるまでに　君《きみ》をし待《ま》たむ

（巻十一―二七五九　作者未詳）

【意味】我が家の庭にある穂蓼の古株から出た芽を育てて実になるまで、私はあなたをお待ちします。

蓼の葉は辛味がある。茎から出た若葉は、次々摘み取って食用にする。この歌のように古株からも芽が出る。その芽が育って、また実を結ぶまでずっとずっと待っています、という歌。「実になるまで」というのは結婚成就を匂わせるためと同時に、「採み生し」は、葉を摘みながら育てるということで、それが実になるまでの時間の久しさを言う。

49 チガヤ（つばな）

浅茅原《あさぢはら》　つばらつばらに　物思《ものも》へば
故《ふ》りにし郷《さと》し　思《おも》ほゆるかも

（巻三—三三三　大伴旅人《おおとものたびと》）

【意味】つらつら物思いにふけっていると、若い日に過した故郷の明日香が、しみじみと思い出されてくる。

「浅茅原」は「つばらつばら」の枕詞。類音の繰り返しや、「故《ふ》りにし郷《さと》し」の「し」の繰り返しによって調べを調えている。「茅原」は、丈の低い茅萱《ちがや》の生えた原野。この歌は、歌人・旅人《たびと》の歌の原風景。旅人にとって望郷の対象は、この明日香と、もう一つは吉野であった。吉野望郷の歌「我が命も常にあらぬか　昔見し　象《きさ》の小川を　行きて見むため」がある。旅人は、大和の中央歌人群に対して筑紫歌壇ともいうべきものを形成した。

50 ノイバラ（茨《うばら》・荊《うまら》）

道《みち》の邊《へ》の　荊《うまら》の末《うれ》に　這《は》ほ豆《まめ》の
からまる君《きみ》を　別《はか》れか行《ゆ》かむ

（巻二十―四三五二　丈部鳥《はせつかべのとり》）

【意味】道端の茨の枝先に、豆の蔓《つる》が絡みつくように纏《まと》わりつかれる若様から引き離されて、私は旅立って行かねばならないのだろうか。

作者の丈部鳥《はせつかべのとり》は、天羽《あまは》の郡（千葉県にあった郡）の人で、お屋敷の若様の守り役であったらしい。巻二十の前半には防人《さきもり》の悲別の歌が多い。防人の歌に刺激されて家持も、家族と別れる防人に代わって詠んだ歌もある。「荊《うまら》」は「うばら」に同じく野茨《のいばら》（とげのある小木）のことで、「這ほ」は「這ふ」の東国訛。「はかれか行かむ」も「離《さか》る」の上代東国言葉で引き離されるの意。この歌、上三句までが「からまる」の序詞。

51

ヤブコウジ（山橘《やまたちばな》）

あしひきの　山橘《やまたちばな》の　色《いろ》に出《い》でよ
語《かた》らひ継《つ》ぎて　逢《あ》ふこともあらむ

（巻四―六六九　春日王《かすがのおおきみ》）

【意味】くっきりと赤い、やぶこうじの実のように、お気持ちをはっきり顔色に出して下さい。そうすれば、お会いしてお話を続けることも出来るでしょう。

「あしひきの」は山の枕詞。「山橘の」の「の」は「のように」と解する。山橘は、藪陰などに自生している丈の低い常緑樹で、秋から冬にかけて真っ赤な実を結ぶ。この歌は、はっきり心を打ち明けない女性に対して詠んだ歌であるが、相手が誰であるかは不明。上二句は、「色に出でよ」を起こす序詞。
春日王の父は、天智の皇子の志貴皇子《しきのみこ》、母は、天武の皇女の多紀皇女《たきのひめみこ》である。

52

ヒルガオ（容花《かほばな》）

高圓《たかまど》の　野邊《のべ》の容花《かほばな》　面影《おもかげ》に
見《み》えつつ妹《いも》は　忘《わす》れかねつも
（巻八—一六三〇　大伴家持《おおとものやかもち》）

【意味】高円の野辺に咲き匂う花のように、妻の面影がしきりに見えてどうしても忘れられない。

「容花《かほばな》」は、かきつばた、おもだか、昼顔など諸説あるが、「かほ花」という語の感じから、昼顔の説がやや強い。この歌は、夫婦でありながら、坂上《さかのうえの》大嬢《おおいらつめ》と一緒に住めない嘆きを詠んだ長歌の末尾を受けた反歌で、その寂しさを具体的に詠んだ家持の独詠歌。家持は、新都の久邇《くに》の都には単身で来ていた。上二句は、序詞で「面影」を起こす。

53 ヤマユリ（百合《ゆり》）

路《みち》の邊《べ》の　草深百合《くさふかゆり》の　後《ゆり》にとふ
妹《いも》が命《いのち》を　われ知《し》らめやも

（巻十一―二四六七　柿本人麻呂《かきのもとのひとまろ》）

【意味】道端の草の茂みに咲く百合ではないが、いずれ後で、などと言う娘だけれど、あの娘の寿命なんかわかるはずがない。

「いずれ後ほど」とか「また後で」とか言って、ていよく断られた男の憤りの歌。この気持ちが強くなると「愛《うつく》しと　我が思ふ妹は　早も死なぬか　生けりとも　我に寄るべしと　人の言はなくに」という歌のように（あの娘など、さっさと死んじまえ）になってしまう。上二句は、「後《ゆり》」を起こす序詞。「知らめやも」の「やも」は「知っているだろうか、いや知らない」という反語。

54 ヨメナ（うはぎ）

春日野《かすがの》に　煙《けぶり》立《た》つ見《み》ゆ　少女《をとめ》らし
春野《はるの》のうはぎ　採《つ》みて煮《に》らしも

（巻十―一八七九　作者未詳）

【意味】春日野に煙が立ちのぼっているのが見えるが、あれは少女らが春の野で、ヨメナを摘んで煮ているのであろう。

村中の人らが打ち揃って、春の野山に出て楽しむことを「野遊《やゆう》」と言って、民間の年中行事の一つであったらしい。この歌は、その長閑《のどか》な風景を遠望している歌。立ち上がる煙とともに乙女らの動きが見えて、いかにも春らしい。「うはぎ」とはキク科の多年草で、初秋に淡紫色《たんししょく》の頭花を開くヨメナのこと。若葉は、食用として重宝された。煮浸しにすると美味。

55 アジサイ（紫陽花《あぢさゐ》）

紫陽花《あぢさゐ》の　八重《やへ》咲《さ》く如《ごと》く　やつ世《よ》にを
いませ我《わ》が兄子《せこ》　見《み》つつしぬばむ

（巻二十―四四四八　橘《たちばなのもろえ》諸兄）

【意味】紫陽花が次々と色を変えて咲くように、万代の後までもお元気でいらっしゃい。紫陽花を見るたび、あなたをお偲びしましょう。

この歌は、橘諸兄《たちばなのもろえ》が、右大弁丹比国人真人《うだいべんたぢひのくにひとのまひと》の宅での宴に招かれた時、庭中に咲く紫陽花に寄せて、主人の真人を寿《ことほ》いだ歌。紫陽花の花の色が変わる度に、新しい花が咲くとした見方。また、「やつ世にを」は「八重咲く」を受けた言葉。真人は、天平勝宝九年七月、橘奈良麻呂《たちばなのならまろ》の変に連座して伊豆に流された。尚、橘諸兄は、長年にわたって家持を庇護した人で、諸兄は太政官長官で政務の最高責任者。七十四歳で亡くなる。

56　センダン（楝《あふち》）

珠《たま》に貫《ぬ》く　楝《あふち》を宅《いへ》に　植《う》ゑたらば
山《やま》ほととぎす　離《か》れず来《こ》むかも

（巻十七―三九一〇　大伴書持《おおとものふみもち》）

【意味】花を糸に通して薬玉《くすだま》にする楝の木を家に植えたならば、山に棲む時鳥《ほととぎす》は、しげしげと来てくれるでしょうか。

作者の書持《ふみもち》は、家持の弟。この時、書持は二首の歌を作って家持に贈った。もう一首は、「橘の花が、いつまでも咲いていてくれたら時鳥は棲みつき、いつでも声が聞けるのになあ」という初々しい歌であった。書持の若々しい明るい歌に対して、兄の家持が応えた歌は、三首とも暗く憂鬱な久邇京《くにきょう》（京都府南部に造られた都）暮らしが僅かに時鳥によって慰められるという趣の歌である。家持は、春から初夏にかけての時候に感動しやすい人であった。

索　引

※五十音順（植物名は、和名）

あとがき

今、市民の森の万葉歌碑数は五十六基になっている（平成元年、三十一基）。このことは意外に知られていないように思う。去る五月末（※平成十八年）、市民の森で短歌の吟行会があった。その仲間ですら知らなかったし、万葉は歌意が分かり難くて馴染めないという声があった。

そこで、この森を訪れる方々のために、万葉歌碑の歌の意味だけでもプリントして現地に置いてあれば、と思って始めたことだが、歌の背景など少し広がって、この小冊子になった次第である。

万葉はおもしろい。この小冊子を片手に市民の森の「万葉の道」を心身健康のためにも、歩いて下されば幸いである。

冊子発行（※初版）に際し、江南書房の二宮信様には、装丁の写真をはじめ種々お世話になった。お礼申し上げます。

平成十八年七月二十八日

岡本　貞子

※箇所は、編集部による註です。

［参考資料］
『新潮日本古典集成 萬葉集 全五巻』新潮社刊

宮崎市民の森
万葉歌碑五十六基ガイドブック
二〇一九年十月一日 初版第一刷発行

著 者 岡本 貞子

発行者 渡邊 晃
発行所 ヒムカ出版
郵便番号 八八〇－〇九五四
宮崎県宮崎市小松台西一－三－五
電 話 〇九八五（四七）五九六二
FAX 〇九八五（七一）一六六〇
E-mail info@himuka-publishing.com
URL http://himuka-publishing.com/

挿絵 水元博子
装丁 榊あずさ
協力 江南書房
印刷・製本 シナノ書籍印刷株式会社

ISBN 978-4-909827-02-9

市民の森　万葉の道・歌碑案内図

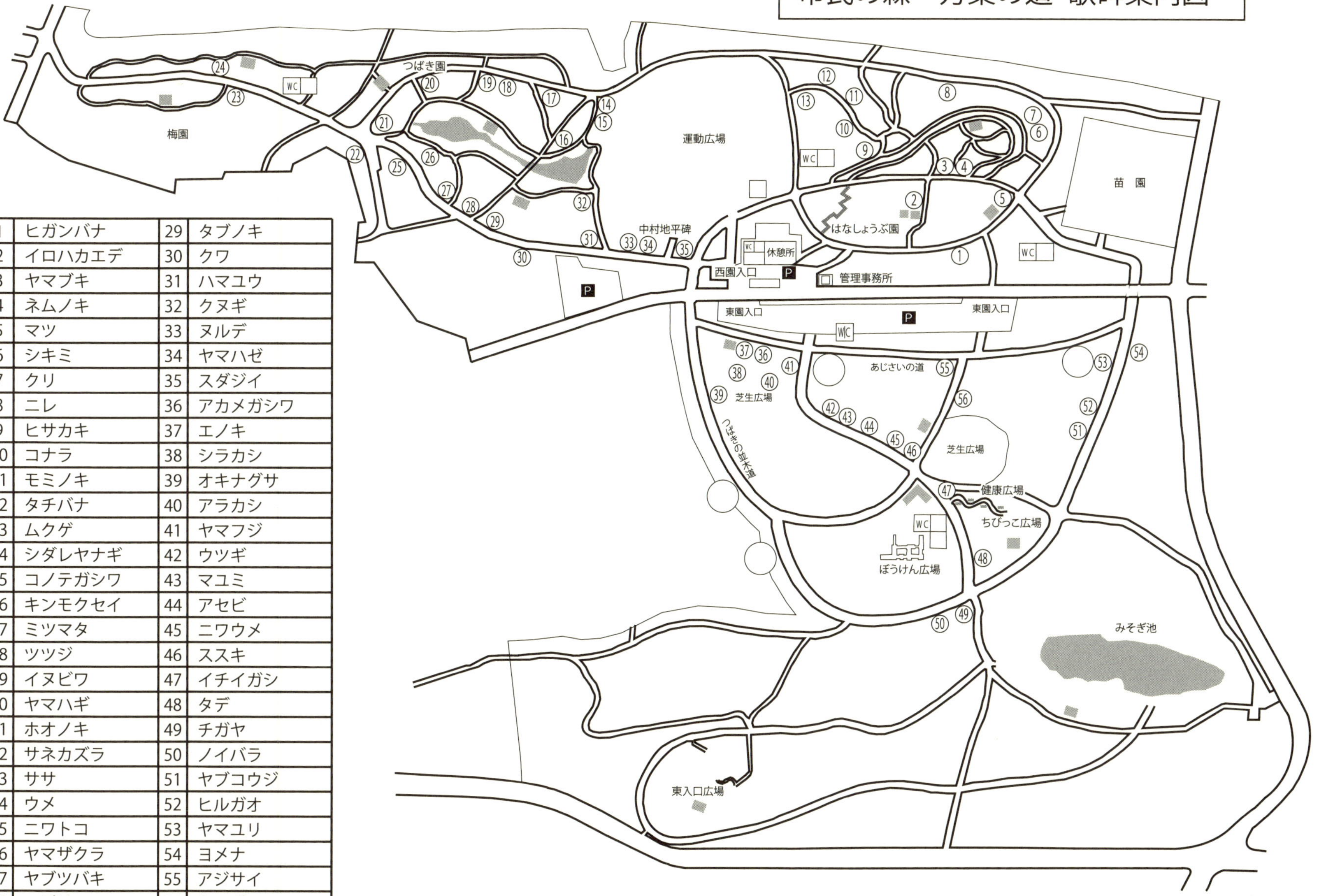

1	ヒガンバナ	29	タブノキ
2	イロハカエデ	30	クワ
3	ヤマブキ	31	ハマユウ
4	ネムノキ	32	クヌギ
5	マツ	33	ヌルデ
6	シキミ	34	ヤマハゼ
7	クリ	35	スダジイ
8	ニレ	36	アカメガシワ
9	ヒサカキ	37	エノキ
10	コナラ	38	シラカシ
11	モミノキ	39	オキナグサ
12	タチバナ	40	アラカシ
13	ムクゲ	41	ヤマフジ
14	シダレヤナギ	42	ウツギ
15	コノテガシワ	43	マユミ
16	キンモクセイ	44	アセビ
17	ミツマタ	45	ニワウメ
18	ツツジ	46	ススキ
19	イヌビワ	47	イチイガシ
20	ヤマハギ	48	タデ
21	ホオノキ	49	チガヤ
22	サネカズラ	50	ノイバラ
23	ササ	51	ヤブコウジ
24	ウメ	52	ヒルガオ
25	ニワトコ	53	ヤマユリ
26	ヤマザクラ	54	ヨメナ
27	ヤブツバキ	55	アジサイ
28	ユズリハ	56	センダン